川柳句集

車椅子

山長岳人

新葉館出版

古希の坂
越えて見せます
車椅子

岳人

はじめに

川柳句集第三弾「車椅子」を古希の記念として刊行することにした。現在、私は車椅子の川柳作家である。公務員から会社役員として四十七年間勤め上げて来たが、私は、プチ・難病を持っている。二度目の定年退職後の平成二十一年三月に足の力が抜けたようになり、六月からは車椅子生活である。熊本機能病院併設の通所リハビリ施設「清雅苑」でリハビリに精を出している。週二回火曜、金曜、と月曜に訪問リハに来て貰っている。その他の日は川柳作句や、川柳噴煙吟社の会計担当で忙しい。

「車椅子」もパソコンを駆使して出来上がった。

著者

目次

川柳句集

車椅子

第一章　愛いよいよ満ちる

年金族の暮らし～孫「衣織」の成長～百歳の岳父の大往生

老い二人リズムをちょっと壊す孫

息子発父を気遣うメール来る

運動会孫の元気を追うカメラ

俺流のセンスで生きる定年後
物忘れ笑い合ってる老い二人
ランドセルパパの稼ぎが見えました

しみじみと親父を思い出す昭和
アラフォーに近い娘に気がもめる
花愛でて咲かせて妻は跳んでいる

亡母のことしみじみ語る三回忌

幼稚園カスタネットがよく響く

年金日ちょっとぜいたくしてみたい

写メールに孫の元気が目の当たり

ガン切除戴きましたガン保険

好きな色買ったとはしゃぐランドセル

ちょっと派手妻の好みを着せられる
一年生泣き虫がもう逞しい
一〇〇にしておこう我が家の満足度

還暦のおしゃれ帽子だやれ靴だ
マンションの新築祝いプチセレブ
円満に第二の職場辞めました

千円でじいばあも見る映画館
騒がしい世相横目で見る余裕
お恵みは無用年金族だから

じいちゃんを画くふさふさの髪にして
墓参り庭の水仙束にして
おめでとうじいちゃん姫が酌をする

三回忌亡母の歳まで生きようか

春の花どっさり摘んで墓参り

四歳の姫自転車を乗り回す

孫自慢この児天才かも知れぬ

デジカメで孫のアルバムまた増える

三代が浴衣でしゃなり夏祭り

姫五歳背も伸びましたおしゃべりも
指切りげんまんじいちゃん赤いランドセル
今の五歳もう読み書きも得意です

ばあちゃんからメール絵文字が増えている

破顔一笑孫の写メールVサイン

ばあちゃんにお手伝いする姫五歳

うぬぼれも三割入れて孫自慢

お電話をママの代わりにする五歳

姫五歳サンタ信じている様子

音もなくプレゼントするパパサンタ

お年玉お金なんだと知る五歳

ヒロインの姫はずかしいひな祝い

竹馬にのれます姫の高笑い
花畑お花の出番待ってます
お正月実家雀の宿になる

先生に年長組はお手伝い

花畑花の戸籍も書いてある

父の日は娘と孫がそっと来る

父の日はビール一本あればいい

母の命日猛暑日ですと墓参り

夏祭り着物で跳ねる孫娘

彼岸花手向けてやっと秋ですよ
子の孫の後ろ盾なら俺がやる
年金で買ってあげるよランドセル

写メールの孫ピカピカのランドセル

ばあちゃんの指導よろしくお餅搗き

ばあちゃんのお手伝いするおもちつき

ランドセルサンタさんからプレゼント

孫からの電話にほろり誕生日

誕生祝い熱燗所望この寒さ

写メールの姫制服のVサイン

ピカピカの一年生だ春告げる

知識欲なぜなぜなぜと問う幼稚園

ピカピカの一年生へ祝い咲き
一年生今日も給食おいしいね
百歳が大いに笑う誕生日

じいちゃんの復活を画くやさしい眼

彼岸花手向け平穏無事告げる

父の日へ今年も届く酒肴

百歳のひいじいちゃんを孫が画く

一年生ランチ宿題ゆとり無し

百歳の岳父農魂逞しく

ハガキにも筆書きだった亡父想う

我が家系太く短い指ばかり

戦中の大寒だった誕生日

あの色が欲しいと姫のランドセル
精霊舟ゆらり先祖に手を合わせ
皇居奉仕富士も登った百歳さ

一世紀生きた岳父に献杯だ

三人から弔辞岳父は偉かった

二重丸貰って跳んでいる園児

一世紀ノルマ果たして岳父逝く

三世代同居連日大騒ぎ

あの頃は家族総出で働いた

一世紀生きて静かに岳父逝く

夏休み孫の予定が幅利かす

この五体親に貰った宝物

第二章　日々の感謝

通所リハビリの句～ふんえん誌の同人吟

介護2に番付リハに汗をする
お陰様で免許皆伝車椅子
車椅子畳の上もなんのその

通所リハ夢をあしたに見て励む

リハビリの一歩日に日に軽くなる

力がついたと先生が言ううれしい日

復活の烽火ただいま準備中
日を追って元気を貰う通所リハ
いたわりをいっぱい貰う通所リハ

介護2はいま親切に包まれる
運転もスイスイ楽な車椅子
ゆっくりと牛歩のそれで通所リハ

プライドはそっくり預け通所リハ

リハビリを重ねて見えたほの明かり

リハビリにファイトファイトと車椅子

復活はゆっくり待つさまだ若い
心配とお世話かけます車椅子
リハビリのだらだら坂をいま上る

親切と励まし貰う通所リハ
介護の手分け隔てなく気を配り
要介護2がリハビリに精を出す

早速に介護保険の世話になり
車椅子うまくなったとほめられる
通所リハビリ俺の五体を託します

敬老の日にもせっせと通所リハ

いらいらをぐっと鎮める通所リハ

ありがとう介護福祉に手を合わせ

車椅子優しく包む福祉バス

バリアフリーもうスイスイと車椅子

お休みの人が気になる通所リハ

車窓から花見と洒落る車椅子

生活の大切さ知る車椅子

リハビリは明日もあるさゆっくりと

リハビリも一周年という早さ

闘病記ベストセラーを俺も書く

ある意味で避暑かも知れぬ通所リハ

この五体そっくり預け通所リハ
クーラーに人に癒され通所リハ
車椅子しゃしゃり出ました夏祭り

様々な人知りました通所リハ

手のひらのタコも固いよ車椅子

俺の足の代行命ず車椅子

初夢は復活の春車椅子

初夢はスーツを着てた車椅子

リハビリの先生拝む車椅子

もて余す暇などはない通所リハ
週二回癒しを貰う通所リハ
字も書いて計算もする通所リハ

気配りと目配り貰う通所リハ
まだ若い再起へ励む通所リハ
障害者2級へ出世してしまい

マイカーに車椅子ごと乗ってます
夢吊橋少し揺れたと車椅子
古希の坂越えて見せます車椅子

年金族牛歩で進むことにする

奥様にやっとうけてるおやじギャグ

新幹線北海道が近くなる

夜明け前やっと爆睡熱帯夜

雷鳴に夢も破れていた夜明け

絶景かな森の都の天守閣

国からの手当はいらぬ子は育つ

もう師走うれしいニュースないですか

古希の顔勢揃いするクラス会

第三の泡もうまいとビール党

身を守る術考える世の乱れ

本当の息子はオレオレとは言わぬ

給付金善玉菌の顔をする

消印有効やっと間に合う締め切り日

旧友の銘輝いて書道展

旧友と昔話がまだ尽きぬ
旧友と飲む酒少しあればいい
お祝いは豪華に鯛の活き作り

姿見にポーズ私のご満悦

自分史に勝負をつけた二度の職

満月にもう外灯は眠くなる

名作は渡り廊下の壁飾る
ファイトマネー年金だけになる暮らし
決意新たに髪は短く切りました

短い秋花は背伸びをしています
個人情報また番号で呼び出され
あの頃をしみじみ語る酒になる

草笛を奏でてみたい春が来る
愛用のギターが語る青春譜
春の香は花粉も連れてくるらしい

メガホンもいざ合戦の母校愛

祝儀袋大きく派手な物になる

ボーナスのない贅沢は高が知れ

一口城主殿の気分で登城する

常連は会釈をかわす散歩道

虫食いを見つけて騒ぐ衣替え

第三章　挑戦は続く

ふんえん外の例会での入選句、各地の大会での入選句、
川柳マガジン・時事作家協会の入選句

少子化の隣りで命一つ断つ

一粒の涙も見せず宇宙人

爪にまでおしゃれ炊事が出来ません

ステップはブルース余生しなやかに
金銭に執着偽装の罠がある
執着の拉致もそ知らぬ北の国

美しい項を見せて和の心
ネズミとはとっくに和解してた猫
ドクター日野原いま赤ひげの心意気

竹炭の夢は地球を浄化する

惜敗をバネにつかんだ優勝旗

その昔昭和興した農耕馬

平成の龍馬を公募しなければ
まな板の鯉か列島揺れ動く
ファーストレディ和装も映える晴れ舞台

大宇宙きぼうの星が回り出す

自主トレの汗ほとばしる蛙跳び

新幹線ズラリ並んだ車両基地

福耳の効き目がやっと出た余生

耳寄りな話を拾う派遣村

浮雲に聞きたい春は見えますか

鳥インフルツルのダンスが見たかった
サイコロを民主に振った神がいる
惨敗の甲はそっと脱いでおく

托卵のオス身じろぎもせず耐える

大相撲ふらふら鍛え直さねば

流暢な手話にこの耳聞こえそう

ストレスを発散したかみじん切り

拉致の空白少し埋まった軽井沢

撫で摩る牛の背がない殺処分

語り部も核廃絶の声を聞く
努力目標越えて男の安堵感
鈴虫の短い秋を懸命に

3・11脱原発の吉日に

忌まわしい日吉日にして平和論

旗本の貧乏で食う蔵宿師

（時代吟）

（時代吟）

盟約に男庄吉志士になる

応援のベンチはみんなしゃがれ声

お笑いのネタが悲しい大不況

きまぐれな風雨に桜耐えて咲く

プロ並みのマイクさばきで歌に酔う

記者会見マイクは束になって聞く

長寿村声掛け合って笑い合い
長い目で見よう未来のことだから
神の手かバラクオバマにする期待

ダム中止またいらいらを蒸し返す

億ですよ母に貰ったプレゼント

浮き浮きの春を邪魔する花粉症

限界が見え隠れするマニフェスト
殺処分何万頭も埋めていく
苦心の作見事つかんだグランプリ

実験中たまたま見つけ出す化学
早合点したかヒバリの声がする
好不況匠の腕はよどみなく

偽装から自業自得の店仕舞い

札束の動きが鈍い大不況

花束が豪華に競う祝賀会

泡の粒ガラス細工に生きている
冒険の途中も騒いでいるテレビ
大安にオープン長蛇の列になる

オープンハウス化粧直して売りに出る

過去の人脚光浴びる政治劇

ウイルスは駆除して来たと渡り鳥

9回裏ツーアウトから勝ちに行く

迷惑が辞書にないのか北の国

見回りのナースも安堵する寝息

すんなりと平成の子の長い足

すんなりと選挙で決まる後継者

根回しの効き目すんなり済む会議

勝負師の夢は見事な一人勝ち

インターネット悪い奴にも覗かれる

廃校の廊下ざわざわ音がする

貝汁に舌鼓打つ海の家

潮干狩り出来ぬ悲しい海がある

防犯カメラ人相書きがすぐ出来る

イチローのファイトは何か神憑り

底辺から一躍跳んだ金バッジ

直木賞密かに狙う野心作

好景気待つしかないと小企業
新政権期待してます待ってます
滞在は短くオバマ大統領

朗々と歌会始春告げる

美しいトゲがチクリと刺す仕分け

ふっくらの泡で洗顔する美人

新政権一歩進んで二歩下がる

春一番台風並に二度三度

採血に元気そうです真っ赤な血

お上から君の番だと天下り

無駄遣いずばり廃止に仕分けされ

平成の顔はイケメン美女ばかり

第四章　時の流れを詠む

第三章までの中の世相川柳と時事作家協会に投句したもの。

幻の百歳がいた長寿国

白鵬の天敵だった稀勢の里

国民を言う剛腕が嫌われる

ノーベル賞隣の国じゃ嫌われる
不思議な宇宙熱く語って若田さん
うっかりとしゃべり大臣辞任する

無い袖を振って見せますマニフェスト
無駄足と解っていても沖縄へ
所在不明長寿の国のミステリー

格安の飛行機怖くないですか
全面に立つ人に出るスキャンダル
目的はスカイツリーを見るつもり

失言をするから溝を深くする
新政権力不足が見えてきた
支持率低下選んだ人が悩んでる

全線開通さくら静かに滑り出す

ウソつきもペテン師もいる永田町

スカイツリーひときわ目立つ摩天楼

秘書の職も守れなかった負け戦
知床に森繁節がこだまする
毒舌をふるう美形の仕分け人

写真家が軽犯罪で撮るヌード
エアホースワンがアジアをひと跨ぎ
検察と闘う殿のご乱心

栄誉賞泉下の久弥泣き笑い
大挙して小沢軍団シナめぐり
稼ぐ億母に戴く億もある

中村主水冥土で悪を退治する

政治と金トップに二人いる話

ノーモア水俣やっと和解の声がする

日本の贅沢マグロ妬まれる
幹事長には逆らえぬ総理殿
おだやかな南の島のムシロ旗

子育て支援親の権威が地に墜ちる
子ども手当パパの小遣い銭に化け
口蹄疫作業衣の知事また走る

起訴相当豪腕もいま貝になる

賭け事の稽古していた相撲部屋

ブーメランやはり辺野古がいいと言う

負け越しは野球賭博のせいらしい
野球賭博あら親方も名を連ね
与党惨敗ゴミ箱行きのバラの花

放駒新体制の土俵入り

所在不明何か空しい長寿国

国連もアメリカも来た平和の日

モーニング間に合いました組閣組

上告棄却ムネオハウスも消えていく

千代の富士抜いた横綱土俵入り

白鵬にはっきり見えた双葉山

獄中でどうしましょうか平和賞

呼び出しの力いっぱい触れ太鼓

土俵際まだ残ってる双葉山

政治主導ばかり言うから穴が開く

槍玉に挙がった首はすげ替える

内側の民が壊したピラミッド
後出しが得意なんです慎太郎
さくら乗車スカイツリーを見に行こう

老兵に東国原歯が立たず
なでしこの快挙国民栄誉賞
暴れ天竜安全神話渦にする

世界遺産離れ小島に日が当たる

献水が何か悲しい原爆忌

せきとめ湖脱ダム論を嘲笑う

大臣の椅子九日で明け渡し
なでしこの園遊会はお振り袖
剛腕の会見記者が叱られる

スポーツマンシップみじんもない国是
ブータン国王幸せ持って来てくれる
爆音はもうまっぴらとムシロ旗

大臣が変わると生きる八ッ場ダム

節電にエコも野球も様変わり

熱中症また来年と消えていた

なでしこの余熱五輪も掴み取る

一〇〇歳の医師神様と紙一重

裁判員法律食ったことがない

お役人いじめが好きな仕分け人

民主化の芽生えも戦とは悲し

永田町当てにならぬと首長党

第五章　列島揺れる～大津波

東日本に応援の絆歌

天災に大和魂立ち向かう
政権に逆らうように大地震
被災地へ届く球児のエネルギー

復興へ増税というカード切る
被災地へまた訪れる両陛下
あの日から脱原発の声しきり

震災へ再起する気の店たたむ
列島にまた天災という試練
大地震払う犠牲が多すぎる

復興へ予算はみんな前倒し

出荷停止大の男の目が光る

船を出す北の港の夜が白む

魚市場海の男と再起する
まだ不明またアルバムに語り掛け
深い傷押して再起の船が出る

頑張ろう東北へ向け義援金
大地震国家予算を変えてくれ
震災にさくら静かに滑り出す

球春に複雑になるプロ野球

被災地へ桜前線慰問中

液状化ここは昔の埋立地

報道のアナウンサーもヘルメット
数万の写真を洗うボランティア
線量を気にしながらも自衛隊

義援金まだ渡らないもどかしさ
メルトダウンまた原発に教えられ
放射能野良もペットも浴びている

義援金の裏で六億盗まれる

節電の中で交流戦過熱

再生に海に浮かんだ丘の船

六魂祭北の元気にホッとする

内部被曝あの稲わらにセシウムが

福島産買っては見たがセシウムだ

東北魂随所に見せて甲子園

義援船海の男の目が光る

行方不明の初盆にする悲しい日

名月が見舞いのように被災の地

復旧復興もう増税もやむを得ぬ

桜前線ゆっくり北へ慰問する

義援金やれやれ未だ渡らない

再生へ北の漁場は中古船

避難所の目線等しく両陛下

雑草の緑復興急き立てる
対岸の火事ではないぞ揺れている
復興へ見直しにするマニフェスト

被災地の困窮せめて義援金
年金族少額ですが義援金
励ましのお言葉に泣く避難民

そそくさと帰る総理が叱られる
被災地を励ますように桜咲く
応援のことばと少し義援金

除染なし一時帰宅にほっとする

出漁に北の男の武者震い

がんばろう被災農地に塩トマト

中古船高く掲げる大漁旗

避難所へ叱られに行く上層部

節電にゴーヤカーテン仕立て上げ

被災球児夢は捨てない甲子園

出漁へ北の港の鐘が鳴る

復興へ笹の葉揺れる応援歌

復興のメドをつけたい兆の金
節電へ様変わりしてプロ野球
鳥の群れガレキの山は避けている

一時帰宅お上の許可で武装する

天災に我欲は横に置いておく

水洗いされた津波の写真帳

あとがき

「古希の坂越えて見せます車椅子」、古希の記念の川柳句集第三弾は「車椅子」とした。通所リハビリや介護保険のお世話になっていたので、それらに関する川柳が増えていたが、昨年の３・１１のあの大震災の大津波や原発事故である。それからの一年間は震災関連の句が多くなり、絆歌と名付けた。

第三弾「車椅子」はそんな意味も含んでいる。

復興へ少し応援絆歌　　岳人

平成二十四年三月

山長　岳人

【著者略歴】

山長 岳人（やまなが・たけと）

本名・健人

昭和 18 年 1 月 22 日　熊本県矢部町
（現・山都町）生まれ

昭和 36 年　矢部農林高校卒後、国家公務員
初級職として熊本営林局串間営林署へ奉職

昭和 44 年　熊本営林局職員課に転任と同時に結婚、同時期、
川柳噴煙吟社に入会

平成 11 年 3 月 1 日　熊本営林局は九州森林管理局と改称

平成 15 年 3 月 31 日　九州森林管理局を定年退職

平成 15 年 5 月　川柳句集「完走」出版

平成 17 年 6 月　（株）森和に「再生紙」として勤務

平成 20 年 5 月　二度目の定年退職

平成 20 年 6 月　再びの年金族

平成 21 年 6 月　「川柳句集 再生紙－続・完走－」出版

現在、川柳噴煙吟社幹事同人、熊本県文化懇話会会員、
時事作家協会会員

現住所　〒 861-1102　熊本県合志市須屋 7-1
TEL・FAX　096-343-8956

川柳句集 車椅子

○

平成 24 年 6 月 3 日　初版発行

著　者

山　長　岳　人

発行人

松　岡　恭　子

発行所

新　葉　館　出　版

大阪市東成区玉津 1 丁目 9-16 4F 〒 537-0023
TEL06-4259-3777　FAX06-4259-3888
http://shinyokan.ne.jp/

印刷所

BAKU WORKS

○

ISBN978-4-86044-463-1